VENTE DU 23 MARS 1893

Hôtel Drouot, Salle n° 1

ATELIER

DE

Feu P. PÉRAIRE

PARIS — 1893

MÂCON, PROTAT FRÈRES, IMPRIMEURS.

CATALOGUE

DES

TABLEAUX

PAR

Feu P. Péraire

dont la vente aura lieu

HOTEL DROUOT, SALLE N° 1

Le Jeudi 23 mars 1893, à 2 heures 1/2

Mᵉ Léon TUAL	MM. J. CHAINE et SIMONSON
COMMISSAIRE-PRISEUR	EXPERTS
Rue de la Victoire, 56	5, Rue de la Paix

Chez lesquels on délivre le Catalogue.

EXPOSITION PUBLIQUE

Le Mercredi 22 mars 1893, Salle n° 1, de 1 h. 1/2 à 5 h. 1/2.

CONDITIONS DE LA VENTE

———

Elle sera faite au comptant.

Les acquéreurs paieront, en sus des adjudications, CINQ CENTIMES PAR FRANC APPLICABLES AUX FRAIS.

Aucune réclamation ne sera admise une fois l'adjudication prononcée.

———

TABLEAUX

1 — L'Étang de Mortefontaine.

H. 0,56; L. 0,91.

2 — Brouillard du matin. — La Seine aux Andelys.

H. 1ᵐ 35; L. 2ᵐ 18.

3 — L'Étang du Grand-Veneur.

H. 1ᵐ 45; L. 2ᵐ.

4 — Les Coteaux d'Épône.

H. 1ᵐ 35; L. 2ᵐ 18.

5 — Champigny.

H. 0,67; L. 1ᵐ 10.

6 — Le sentier fleuri à Triel.

H. 0,38; L. 0,61.

7 — Le Printemps à Saint-Ouen.

H. 0,38; L. 0,61.

8 — Matinée de décembre à Triel.

H. 0,55; L. 0,90.

9 — Un coup de vent sur la Seine.

H, 0,38; L. 0,61,

10 — Entre Saint-Denis et Saint-Ouen.

H. 0,45; L. 0,61.

11 — La Seine à Saint-Denis.

H. 0,34; L. 0,61.

12 — Le Bas-Meudon.

H. 0,40; L. 0,26.

13 — Soleil couchant.

H. 0,25; L. 0,41.

14 — A Champigny.

H. 0,32; L. 0,47.

15 — A Saint-Denis.

H. 0,34; L. 0,67.

16 — Un Moulin en Hollande.

H. 0,46; L. 0,32.

17 — Dans l'Ile Saint-Denis.

H. 0,26; L. 0,40.

18 — Pommiers en fleurs à Sanois.

H. 0,32; L. 0,57.

19 — La Seine à Saint-Denis.

H. 0,27; L. 0,52.

20 — L'Étang de Mortefontaine.

H. 0,85; L. 1ᵐ 50.

21 — Le Loing à Moret.

H. 0,39; L. 0,46.

22 — Le Garage de Saint-Ouen.

H. 0,27; L. 0,52

23 — Entre Rouen et La Bouille.

H. 0,25; L. 0,41.

24 — Le Marais aux environs de Corbeil.

H. 0,34; L. 0,61.

25 — Rue à Dordrecht.

H. 0,40; L. 0,25.

26 — Une Ferme à Cernay.

H. 0,40 ; L. 0,25.

27 — La Seine à Mantes.

H. 0,26 ; L. 0,40.

28 — La Marne à Noisy-le-Grand.

H. 0,33 ; L. 0,45

29 — Effet de neige en Hollande.

H. 0,32 ; L. 0,45.

30 — Environs de Rouen.

H. 0,41 ; L. 0,25.

31 — L'Étang de Cernay. — Soleil couchant.

H. 0,32 ; L. 0,45.

32 — Le Sentier des Acacias à Moret.

H. 0,39 ; L. 0,61.

33 — Le Loing à Moret.

H. 0,39 ; L. 0,61.

34 — La Mare à Triel.

H. 0,39 ; L. 0,61.

35 — Le Pont de Créteil.

H. 0,38 ; L. 0,61.

36 — Les Étangs à Mortefontaine.

H. 0,39 ; L. 0,61.

37 — Moulin à Villiers-sur-Morin.

H. 0,39 ; L. 0,61.

38 — Les Ilots de Moret.

H. 0,39 ; L. 0,61.

39 — Le Chemin fleuri à Triel.

H. 0,37 ; L. 0,56.

40 — Chemin en Normandie.

H. 0,61 ; L. 0,39.

41 — Les Prés fleuris dans la Saône.

H. 0,39; L. 0,61.

42 — L'Étang à Triel.

H. 0,39; L. 0,61.

43 — Bords de la Seine.

H. 0,39; L. 0,61.

44 — L'Étang à Triel.

H. 0,39; L. 0,61.

45 — Pommiers en fleurs.

H. 0,39; L. 0,61.

46 — Les Blés versés à Vernouillet.

H. 0,39; L. 0,61.

47 — Bords de la Marne.

H. 0,39; L. 0,61.

48 — Les Regains à Vernouillet.

H. 0,39; L. 0,61.

49 — Les Bruyères à Mortefontaine.

H. 0,39; L. 0,61.

50 — Prés du barrage à Saint-Denis.

H. 0,71; L. 0,31.

51 — Une Mare à Lagny.

H. 0,43; L. 0,60.

52 — Avant la pluie à Rangiport.

H. 0,33; L. 0,52.

53 — L'Église de Moret.

H. 0,31; L. 0,57.

54 — La Maison Rouge à Triel.

H. 0,34; L. 0,56.

55 — Le Moulin de Charenton.

H. 0,61; L. 0,39.

56 — Le Giboin à Rangiport.

H. 0,45 ; L. 0,61.

57 — Les Chalands à Saint-Denis.

H. 0,46 ; L. 0,61.

58 — Les Saules à Saint-Ouen.

H. 0,61 ; L. 0,46.

59 — La Marne à Saint-Maur.

H. 0,35 ; L. 0,58.

60 — La Meuse à Dordrecht.

H. 0,35 ; L. 0,58.

61 — Rotterdam.

H. 0,34 ; L. 0,57.

62 — Saint-Valéry-en-Caux.

H. 0,52 ; L. 0,38.

63 — Le Ruisseau à Saint-Denis.

H. 0,38 ; L. 0,61.

64 — Un Ruisseau à Moret.

H. 0,51 ; L. 0,38.

65 — Les Chalands à Rouen.

H. 0,28 ; L. 0,54.

66 — Le Plateau d'Avron.

H. 0,31 ; L. 0,61.

67 — Le vieux Moulin à Vernon.

H. 0,26 ; L. 0,50.

68 — Les Andelys.

H. 0,28 ; L. 0,56.

69 — Canal à Saint-Denis.

H. 0,40 ; L. 0,65

70 — La Drague à Saint-Denis.

H. 0,34 ; L. 0,68.

71 — L'Ile de la Grande-Jatte.

H. 0,38; L. 0,55.

72 — Amsterdam. — Le Port.

H. 0,45; L. 0,77.

73 — Les Sarazins en fleurs dans la prairie.

H. 0,60; L. 0,85.

74 — Les Sarazins en fleurs au bord de la Loire.

H. 0,60; L. 0,85.

75 — La Marne à Champigny.

H. 0,65; L. 0,92.

76 — Un Bac sur la Loire.

H. 0,38; L. 0,61.

77 — Les Mousses à Mortefontaine.

H. 0,59; L. 0,45.

78 — Un coin des Andelys.

H. 0,46; L. 0,61.

79 — Les Coteaux à Épinay.

H. 0,35; L. 0,61.

80 — Un Moulin à Bourbon-Lancy.

H. 0,45; L. 0,61.

81 — Un Lavoir à Charenton.

H. 0,40; L. 0,64.

82 — Le Boccage à Saint-Denis.

H. 0,46; L. 0,32.

83 — Cabane à Saint-Denis.

H. 0,46; L. 0,32.

84 — Le Moulin des Fées à Veules.

H. 0,46; L. 0,32.

85 — Le Bac à Rangiport.

H. 0,34; L. 0,53.

86 — L'Ile de la Couleuvre à Triel.

H. 0,32; L. 0,46.

87 — Le Lavoir à Cernay.

H. 0,32; L. 0,45.

88 — Aux Andelys.

H. 0,45; L. 0,32.

89 — Les Eaux basses à Saint-Maur.

H. 0,39: L. 0,61.

90 — Lavoir à Charenton.

H. 0,34; L. 0,61

91 — Bas-Meudon.

H. 0,38; L. 0,61.

92 — Le Sentier à Rangiport.

H. 0,50; L. 0,26.

93 — Harlem.

H. 0,26; L. 0,41.

94 — Amsterdam.

H. 0,26; L. 0,41.

95 — Matinée de décembre à Triel.

H. 0,26; L. 0,41.

96 — Étang à Triel.

H. 0,38; L. 0,25.

97 — La Rue des Créneaux à Triel.

H. 0,38; L. 0,26.

98 — Un Sentier à Triel.

H. 0,26; L. 0,41.

99 — Les Carrières à Vernon.

H. 0,20; L. 0,35.

100 — Rue des Andelys.

H. 0,32; L. 0,20.

101 — La Seine à Vernon.

H. 0,34; L. 0,24.

102 — La Guinguette du Mirliton à Caen.

H. 0,35 ; L. 0,24.

103 — Un Ruisseau à Vernon.

H. 0,33 ; L. 0,20.

104 — Porte de ferme à Saint-Pierre (Normandie).

H. 0,41 ; L. 0,25.

105 — Bateau de pêcheurs.

H. 0,10 ; L. 0,22.

106 — Chaumières normandes.

H. 0,26 ; L. 0,41.

107 — Le Château Gaillard.

H. 0,41 ; L. 0,52.

108 — Le Quai Henri IV.

H. 0,39 ; L. 0,61.

109 — Chaumières à Anvers.

H. 0,31 ; L. 0,61.

110 — Carrières près Chatou.

H. 0,31 ; L. 0,61.

111 — Rue à Noisy-le-Grand.

H. 0,46 ; L. 0,33.

112 — Rue des Saules à Montmartre.

H. 0,46 ; L. 0,32.

113 — Soleil couchant.

H. 0,33 ; L. 0,46.

114 — Les Arbres penchés à Mortefontaine.

H. 0,46 ; L. 0,32.

115 — Saint-Cloud en automne.

H. 0,46 ; L. 0,32.

116 — Ferme en Normandie.

H. 0,29; L. 0,46.

117 — A Saint-Cloud.

H. 0,33; L. 0,46.

118 — Un Lavoir à Souilly (près Mitry).

H. 0,41; L. 0,25.

119 — Ferme à Cernay.

H. 0,25; L. 0,41.

120 — La Seine à Saint-Denis.

H. 0,26; L. 0,41.

121 — Marché aux Poissons (Luc-sur-Mer).

H. 0.26; L. 0,41.

122 — Le Moulin de Veules.

H. 0,41; L. 0,26.

123 — Le Moulin Rouge à Lagny.

H. 0,25; L. 0,41

124 — La Rue de l'Abreuvoir à Montmartre.

H. 0,41; L. 0,26.

125 — Brouillard du matin.

H. 0,26; L. 0,41.

126 — Une Nuit en mer.

H. 0,26; L. 0,41.

127 — Moulin des Fauvettes à Villiers-sur-Morin.

H. 0,26; L. 0,41.

128 — Rue de la Seine à Triel.

H. 0,41; L. 0,26.

129 — Les Saules à Lisy.

H. 0,26; L. 0,41.

130 — Soleil couchant à Saint-Denis.

H. 0,26; L. 0,41.

131 — Moulin à Saint-Ouen.

H. 0,38; L. 0,41.

132 — Canal Saint-Denis; Effet de neige.

H. 0,39; L. 0,61.

133 — Canal de l'Ourcq.

H. 0,26; L. 0,41.

134 — Fin d'automne.

H. 0,47; L. 0,32.

135 — Pommiers en fleurs.

H. 0,26; L. 0,41.

136 — Lavoir de Nogent.

H. 0,26; L. 0,41.

137 — Brouillard du matin.

H. 0,28; L. 0,41.

RED. :

17

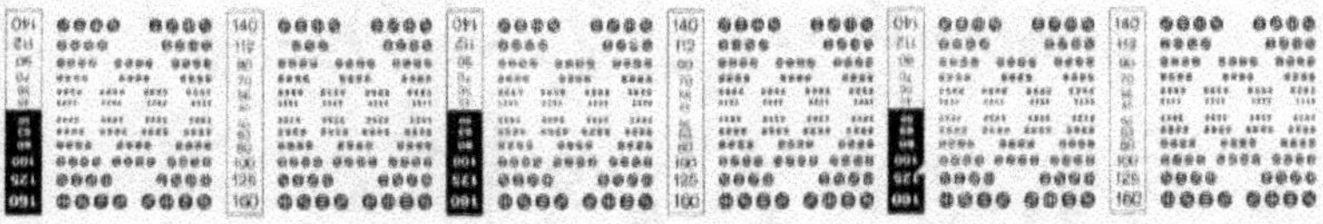

graphicom

BIBLIOTHEQUE
NATIONALE
DE FRANCE

****

CHATEAU
DE
SABLE
1996